QUERIDOS AMIGOS Y AMIGAS ROEDORES,
OS PRESENTO A

LOS PREHISTORRATONES

¡AVENTURAS DE BIGOTES
EN LA EDAD DE PIEDRA!

¡Bienvenidos a la Edad de Piedra... en el mundo de los prehistorratones!

CAPITAL: **Petrópolis**

HABITANTES: NI DEMASIADOS, NI DEMASIADO POCOS... (¡AÚN NO EXISTEN LAS MATEMÁTICAS!). QUEDAN EXCLUIDOS LOS DINOSAURIOS, LOS TIGRES DE DIENTES DE SABLE (ÉSTOS SIEMPRE SON DEMASIADOS) Y LOS OSOS DE LAS CAVERNAS (¡NADIE SE HA ATREVIDO JAMÁS A CONTARLOS!).

PLATO TÍPICO: CALDO PRIMORDIAL.

FIESTA NACIONAL: EL DÍA DEL *GRAN BZOT*, EN EL QUE SE CONMEMORA EL DESCUBRIMIENTO DEL FUEGO. DURANTE ESTA FESTIVIDAD TODOS LOS ROEDORES INTERCAMBIAN REGALOS.

BEBIDA NACIONAL: RATFIR, QUE CONSISTE EN LECHE CUAJADA DE MAMUT, ZUMO DE LIMÓN, UNA PIZCA DE SAL Y AGUA.

CLIMA: **IMPREDECIBLE**, CON FRECUENTES LLUVIAS DE METEORITOS.

caldo primordial

RATFIR

MONEDA

LAS **conchezuelas**

CONCHAS DE TODO TIPO, VARIEDAD Y FORMA.

UNIDADES DE MEDIDA

LA **cola** CON SUS SUBMÚLTIPLOS: MEDIA COLA, CUARTO DE COLA. ES UNA UNIDAD DE MEDICIÓN BASADA EN LA COLA DEL JEFE DEL POBLADO. EN CASO DE DISCUSIONES, SE CONVOCA AL JEFE Y SE LE PIDE QUE PRESTE SU COLA PARA COMPROBAR LAS MEDIDAS.

LOS PREHISTORRATONES

PETRÓPOLIS
(Isla de los Ratones)

RADIO CHISMOSA

CAVERNA DE LA MEMORIA

EL ECO DE LA PIEDRA

CASA DE TRAMPITA

TABERNA DEL DIENTE CARIADO

PEÑASCO DE LA LIBERTAD

RÍO RATONIO

CABAÑA DE UMPF UMPF

Geronimo Stilton

¡NO DESPERTÉIS A LAS MOSCAS RONF RONF!

DESTINO

Textos de Geronimo Stilton
Inspirado en una idea original de Elisabetta Dami
Diseño original de Flavio Ferron
Cubierta de Flavio Ferron
Ilustraciones interiores de Giuseppe Facciotto *(lápiz)*, Carolina Livio *(colorista)*, Daniele Verzini y Valeria Cairoli *(color)*
Diseño gráfico de Marta Lorini

Título original: *Non svegliate le mosche Ronf Ronf!*
© de la traducción: Manel Martí, 2016

Destino Infantil & Juvenil
infoinfantilyjuvenil@planeta.es
www.planetadelibrosinfantilyjuvenil.com
www.planetadelibros.com
Editado por Editorial Planeta, S. A.

© 2014 – Edizioni Piemme S.p.A., Palazzo Mondadori – Via Mondadori 1, 20090 Segrate – Italia
www.geronimostilton.com
© 2017 de la edición en lengua española: Editorial Planeta, S. A.
Avda. Diagonal, 662-664, 08034 Barcelona
Derechos internacionales © Atlantyca S.p.A., Via Leopardi 8, 20123 Milán – Italia
foreignrights@atlantyca.it / www.atlantyca.com

Primera edición: mayo de 2017
ISBN: 978-84-08-17162-1
Depósito legal: B. 5.195-2017
Impreso en España - Printed in Spain

El papel utilizado para la impresión de este libro es cien por cien libre de cloro y está calificado como **papel ecológico**.

Hace muchísimas eras geológicas, en la prehistórica Isla de los Ratones, existía un poblado llamado Petrópolis, donde vivían los prehistorratones, ¡los valerosos Roditoris Sapiens!

Todos los días se veían expuestos a mil peligros: lluvias de meteoritos, terremotos, volcanes en erupción, dinosaurios feroces y... ¡temibles tigres de dientes de sable!

Los prehistorratones lo afrontaban todo con valor y humor, ayudándose unos a otros.

Lo que vais a leer en este libro es precisamente su historia, contada por Geronimo Stiltonut, ¡un lejanísimo antepasado mío!

¡Hallé sus historias grabadas en lascas de piedra y dibujadas mediante grafitos y yo también me he decidido a contároslas! ¡Son auténticas historias de bigotes, cómicas, para troncharse de risa!

¡Palabra de Stilton,

Geronimo Stilton!

¡Atención!
¡No imitéis a los prehistorratones...
ya no estamos en la Edad de Piedra!

¡REGRESO TRIUNFAL A PETRÓPOLIS!

Hacía una superratónica mañana de primavera. Las **flores de los cactus** esparcían su perfume bajo el sol, los pterodáctilos chillaban felices, había un poco de brisa, y Petrópolis... ¡estaba de FIESTA!

Y es que, justo ese día, el explorador más famoso de la historia (bueno, de la *prehistoria*), PALEORRATINDO PIOLET, regresaba de su última expedición.

Pero qué despistado soy, aún no me he presentado: me llamo Stiltonut, **GERONIMO STILTONUT**, y soy el director de *El Eco de la Piedra*, ¡el periódico más famoso de la prehistoria! (*ejem*, ¡y también el único!).

Paleorratindo Piolet es uno de los muchos amigos que he ido haciendo a lo largo de mis prehistorratónicas **AVENTURAS**.

Quizá no lo sepáis (y si no lo sabéis, ya os lo digo yo), pero Piolet ha pasado meses en los **Montes Batiburrillo**, un lugar donde nadie, pero lo que se dice nadie nadie nadie (salvo él) había puesto todavía el pie.

Dice la leyenda que allí abajo la naturaleza es tan rara, que en apenas unos metros se pasa de la montaña al desierto, a la **NIEVE**, a la selva, a un **VOLCÁN** e incluso a un RÍO lleno de peces…

PALEORRATINDO PIOLET
EN ACCIÓN

¡ES ÉL, PIOLET!

Bien, como iba diciendo…

aquella mañana, al amanecer, **Umpf Umpf**, el inventor del poblado, apuntó el Ojo-largo, nuestro **CATALEJO** prehistó-rico, hacia el horizonte y exclamó:

—¡Pero si es él: Paleorratindo Piolet! ¡¡¡Ya está de vuelta!!!

Y al instante Radio Chismosa, la radio más **chapucera** de la prehistoria (dirigida por mi rival Sally Rausmauz), lanzó la noticia… *¡a su manera!*

—¡EDICIÓN EXTRAORDINARIAAA!
¡El regreso de Piolet! —vociferó el primer chillón
de Radio Chismosa.

—¡EDICIÓN EXTRAORDINARIAAA!
¡¡Un retraso causado por un tamarindo!! —le
hizo eco un segundo chillón.

—¡EDICIÓN EXTRAORDINARIAAA!
¡¡¡El payaso ha quedado de maravilla!!! —concluyó el tercero, sacándome definitivamente de
quicio.

¡POR MIL PEDRUSCOS DESPEDREGADOS,
MENUDOS PERIODISTAS DE PACOTILLA!

¡Para dar aquella noticia como era debido se requería un periodista de verdad! De modo que, aunque aún estaba medio dormido, me PLANTÉ frente a la empalizada que rodea Petrópolis. Casi todos mis conciudadanos se habían congregado allí y, entre la muchedumbre, distinguí a mi hermana Tea y mi primo Trampita.

—¡Caramba, mira quién está ahí! ¡Geronimito! —me saludó Trampita—. ¡No doy crédito a lo que estoy viendo: ¿ya estás despierto?!

—¡Pues claro! —repliqué—. ¡¡¡Cuando hay una noticia en el aire, un PERIODISTA DE VERDAD debe estar siempre a punto!!!

Entretanto, los petropolinenses esperaban expectantes la llegada de Piolet.

—¿Qué le habrá traído a su *adorado* jefe del poblado? —preguntó Zampavestruz Uzz.

—¡A lo mejor ha encontrado aquel vestidito con encajes y bordados que le encargué!

14

—añadió su hija, Uzza Uzz—. ¡Seguro que me quedará divino, ¿verdad, Geronimo?!

Tragué saliva.

Uzza sentía cierta **debilidad** por mí y, *veréis*… aunque yo no le correspondiera, no quería ser descortés.

ESTARÉ GUAPÍSIMA, ¿VERDAD, GERONIMO?

¡¡¡GLUPS!!!

—Pues claro… **¡GLUPS!** —respondí—. Seguro que estarás… *ejem*, ¡monísima!

Piolet ya se hallaba a las puertas de Petrópolis. Una **LARGUÍSIMA** caravana avanzaba tras él, que iba sentado a lomos del primer carretosaurio, con su inconfundible barba blanquísima enmarcándole el rostro como si llevase un collar, tenía una sonrisa bonachona y…

¡ROOOOOOOONNNF!

¡Por mil tibias de tricerratón, Piolet estaba sufriendo uno de sus *famosos* ataques de SUEÑO PALEOZOICO!

No sé si sabéis que nuestro amigo explorador también es célebre en todas las tierras emergidas por esta **característica**: de pronto, se queda dormido en pleno día… ¡¡¡y NADA ni NADIE consigue despertarlo!!!

¡ESTÁIS ATRAPADOS!

De pronto Tea exclamó:

—¡¡¡Mirad allí!!!

Nos quedamos PÁLIDOS como mozzarellas paleolíticas. ¡¡¡TIGER KHAN, el hipercolmilludo jefe de los tigres de dientes de sable, acababa de aparecer delante de Piolet con su temible Horda Felina!!!

¡AL ATAQUEEE!

Zampavestruz Uzz arengó a los petropolinenses:

—***¡¡¡VALOR, AMIGOS, DEBEMOS DEFENDER A PIOLET!!!***

Mis conciudadanos avanzaron tímidamente, la verdad es que apenas dieron algún pasito… en definitiva, *ejem*… ¡no se movieron ni tan sólo una milicola!

¡Por mil huesecillos descarnados! ¡¡¡Piolet era un ratón VALIENTE, un tipo duro de la Edad de Piedra, pero el hecho de que estuviera profundamente dormido no era la mejor manera de enfrentarse a los tigres!!!

—*¡Dejadlo de mi cuenta!*—dijo Tea, y luego exclamó con determinación—: ¡Petropolinenses, ¿queréis que Piolet y los carretosaurios acaben en manos de los **TIGRES**?!

Y los prehistorratones respondieron en voz baja:

—Ejem... no...

—¿¿Queréis que todos los bienes que transporta la caravana acaben en **Moskonia**, en la choza de Tiger Khan??

—**¡NO!** —replica-
ron mis conciuda-
danos, un poco más
decididos.

—¿¿¿Queréis que esos
felinos del tres al cuarto
se zampen todos estos
manjares que traen
los carretosaurios???

—**¡¡¡NOOOO!!!** —gri-
taron al unísono, final-
mente convencidos.

EJEM... EJEM...
EJEM...

—Pues entonces a qué esperáis, ánimo... ¡¡¡y al ataque!!!

Chillando como gritosaurios, los petropolinenses se lanzaron al rescate de Piolet justo cuando los tigres estaban a punto de poner sus apestosas GARRAS sobre los carretosaurios.

—¡Sois muy amables al regalarnos todas estas exquisiteces! —dijo Tiger Khan con una mueca—. ¡En señal de agradecimiento, las usaremos como **guarnición** cuando os devoremos, ratonzuelos!

Pero en ese preciso instante, Piolet se despertó y vio al jefe de los felinos llevándose un cesto lleno de **FRESAS JURÁSICAS**.

—¡¿Y tú qué haces aquí?! ¡Aparta tus patazas de los REGALOS que he traído para mis amigos!

Y al instante se abalanzó sobre Tiger Khan y el cesto de fresas jurásicas ROBADO y, con un ágil y preciso salto, le golpeó en la cocorota al jefe de los tigres con su BASTÓN DE PASEO...

¡PAAAAAAAAAAM!

—Mmm... ¡Ciertamente esta cabezota tuya está VACÍA! —exclamó.

Tiger Khan lanzó un rugido, pero en ese momento otro tigre le tiró de la **pelliza**.

—¿**QUÉ PASA?**—bramó Tiger Khan—. ¡¿Quién osa molestarme cuando estaba a punto de pegarle un bocado a este tentempié?!

—*EJEM... ¡¡¡MIRA ALLÍ, JEFE!!!*

Tiger Khan se quedó paralizado: todos los habitantes de Petrópolis se habían lanzado a la carga. Y antes de que los tigres se dieran cuenta de lo que estaba pasando, los **CACHIPORRAZOS** de Tea dejaron a tres felinos fuera de combate. Tiger Khan espoleó a sus gatazos para que contraatacasen:

—**¡SOIS CROQUETAS PARA TIGRES, ROEDORES!**

Mi primo Trampita, aterrorizado, cogió un racimo de plátanos de un carretosaurio y se lo **ARROJÓ** a un grupito de tigres.

—¡Nooo! ¡Los PLÁTANOS GIGANTES de los Montes Batiburrillo! —gimoteó Piolet—. ¡¡¡Qué terrible desperdicio!!!

El racimo alcanzó su objetivo y acertó de lleno
en el hocico a Tiger Khan.

¡BONC!

El felino se levantó y se encaminó derecho hacia
Trampita:

—¡*Tú*, ven aquí!

Pero en ese momento una espesa **nube** de
insectos surgió revolo-
teando del racimo
de plátanos.

Aquello era… ¡un
enjambre de *mos-*
cas Ronf Ronf!

Al ver interrumpida su
siestecilla, las moscas
volaron hacia Tiger
Khan. Una de ellas
le **picó** en el hom-

bro, mientras que otra atacó el trasero de mi primo Trampita.

Al cabo de un instante, ambos se DESPLO-MARON en el suelo y… ¡¡¡empezaron a roncar como angelitos!!!

Piolet se puso PÁLIDO:

—¡Oh, no, ellas nooo!

No me dio tiempo a pedirle explicaciones, porque un **TIGRE** de dientes de sable me saltó encima gritando:

—¡VEN CONMIGO, RATONZUELO DE LAS CAVERNAS!

¡¡¡Por mil tibias de tricerratón, estaba acabado, desmenuzado, **EXTINGUIDO**!!!

¡AAAAAAA!

¡TROTOSAURIOS A LA CARGA!

Cerré los ojos y me preparé para una extinción prematura, cuando Tea le **LANZÓ** una sandía gigante al tigre que estaba a punto de devorarme. El fruto **REVENTÓ** en el morro del felino, y pude librarme de sus **PELUDAS GARRAS** en el último instante.

¡¡¡Uf, me había salvado por un pelo de bigote!!!

Entonces las moscas Ronf Ronf se fueron zumbando a otra parte…

zzzzzzzzzzzzzzzzzzzzzzzzzzzzzzzzzzzzzzz

… y los tigres se quedaron donde estaban.

Guiados por Tea y por el jefe del poblado, los petropolinenses descargaron los **CARRETO-**

SAURIOS, esparcieron la fruta por el suelo y la hicieron rodar hacia los tigres de la Horda Felina.

—¿Nos habéis tomado por necios? —se burló uno de los tigres—. ¿Queréis hacernos **resbalar**?

Luego los tigres se hicieron a un lado para esquivar los obstáculos pero, muy concentrados para evitar las **FRUTAS**, no se percataron de la lluvia de verduras jurásicas que habían empezado a lanzarles.

Los tigres tampoco vieron que unos dinosaurios GALOPABAN en su dirección.

¡¡¡Por mil tibias de tricerratón, pero si… eran los dinosaurios de Petrópolis, guiados por Gruñidito, el trotosaurio de Tea!!!

Al ver a mi hermana en peligro, Gruñidito había pedido ayuda a sus amigos.

Y así, poco después, los dinosaurios cargaron contra los gatotes y los **ARROLLARON**.

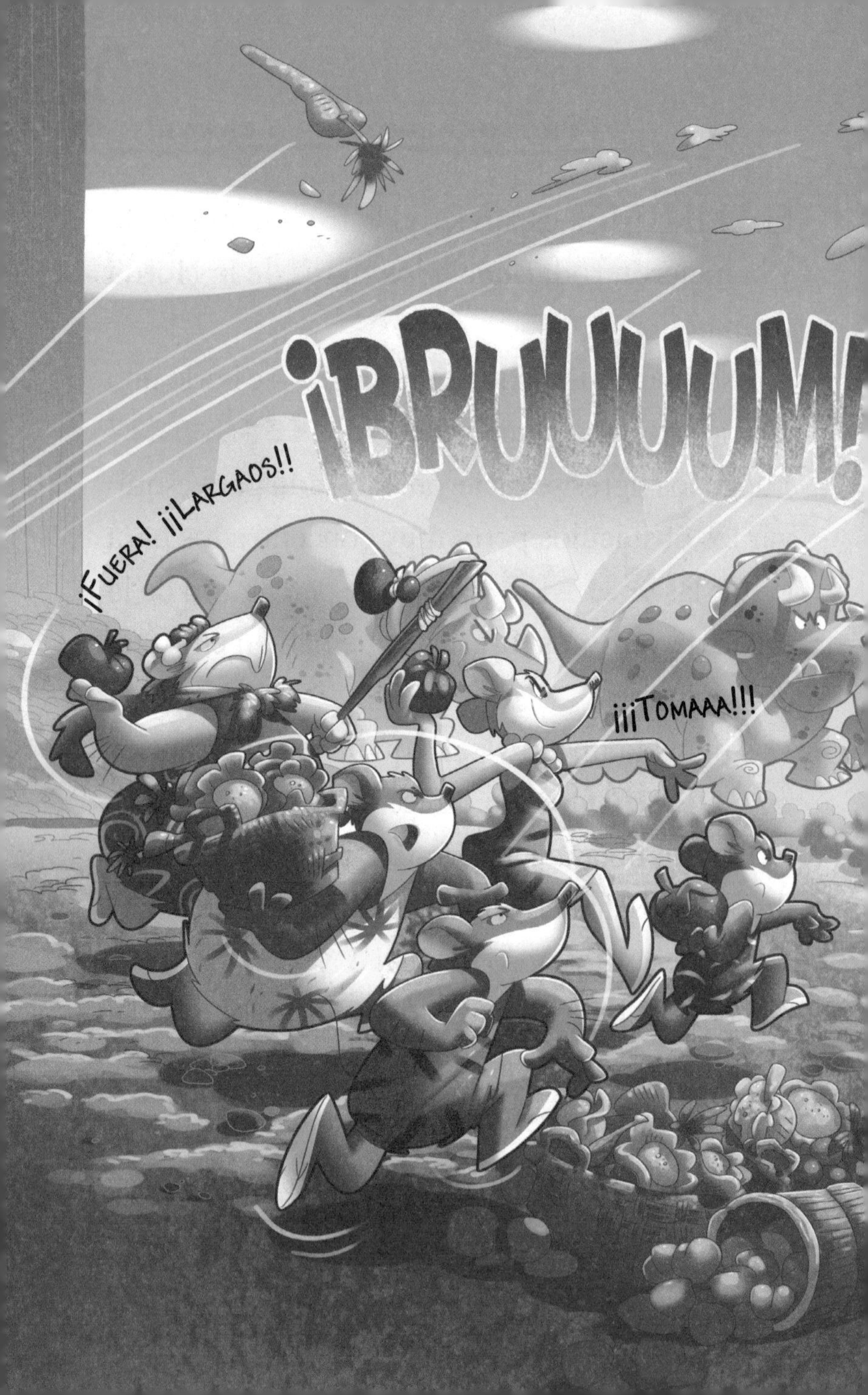
¡BRUUUUUM!
¡FUERA! ¡¡LARGAOS!!
¡¡¡TOMAAA!!!

—**¡¡¡Aaaaaay!!!** —gimieron los tigres.

—**¡¡¡SÁLVESE QUIEN PUEDA!!!**

—**¡¡¡CÓMO DUELEEE!!!**

Los felinos fueron barridos como bolos paleozoicos. Unos cuantos lograron recoger a Tiger Khan, que (igual que Trampita) seguía profundamente **dormido** después de la picadura de la mosca Ronf Ronf.

Sólo dos felinos lograron ocultarse tras unos **matorrales**... sin que nadie lo advirtiera.

Mis amigos petropolinenses estaban demasiado ocupados celebrándolo como para fijarse en los tigres.

—**¡VIVA!**

—¡¡Hurra!!

—¡¡¡Gracias, amigos trotosaurios!!!

—¡Has estado **fantástico**, Gruñidito! —le dijo Tea acariciándolo.

Aunque habíamos vencido a los tigres, aún quedaba un problemilla por resolver: Trampita seguía durmiendo en el suelo y… ¡roncaba como un **troncosaurio**!

—¿Cómo es posible que con todo este escándalo no se haya **DESPERTADO**? —pregunté.

Y en ese mismo instante oí un sonoro

ZZZZZ ZZZZZZZZ ZZZZZZZZ

¡Una de las moscas que había picado a Trampita y Tiger Khan seguía **revoloteando** por allí!

Entonces Piolet trató de ahuyentarla con una hoja de palmera:

—¡FUERA DE AQUÍ! ¡¡¡LARGO!!!

—¡¿Qué clase de mosca tan RARA es ésa?! —preguntó Tea intrigada.

—No es una mosca cualquiera —respondió Piolet muy serio—. ¡Es la terrible **mosca Ronf Ronf**! Su picadura causa una extraña enfermedad, el **Sueño Paleozoico**… ¡Yo mismo la padezco!

—¿Ah, sí? —preguntó Tea—. Entonces, ¿¿¿a ti también te **picó** ese animalejo???

—Sí, hace ya muchos años… —confirmó Piolet—. Pero en aquellos tiempos ignoraba que existía un remedio…

—*¡¿Un remedio, dices?!*

De repente, algo se movió entre los matorrales cercanos.

Olfateé el aire, receloso, y...

¡SNIFF! ¡¡SNIFF!! ¡¡¡SNIFF!!!

—¡Por mil pedruscos despedregados, esto apesta a **TIGRE**!

—¡No seas cagueta, Ger! ¡La Horda Felina ha huido! —replicó Tea—. ¡¡¡Y ahora, concentrémonos en el **REMEDIO**!!!

—¡Estoy de acuerdo! —exclamó Piolet—. ¡Quien haya sufrido una picadura de esta mosca deberá ingerir una infusión de **Rosa Apestosa** antes de tres días!

Mosca Ronf Ronf

DÓNDE VIVE: ALLÍ DONDE HAYA ALGUIEN A QUIEN PICAR.

CARACTERÍSTICAS: POSEE UN AGUIJÓN MEGALÍTICO.

QUÉ COME: LE ENCANTA LA MIEL DE ABEJA JURÁSICA.

VELOCIDAD DE VUELO: 3 COLAS POR HORA (¡PASO A PASO SE LLEGA LEJOS!).

—Entonces, ¿a qué esperamos? —dijo Tea—. ¡Vayamos a BUSCARLA enseguida!

—Bueno, no es tan fácil… —le respondió Piolet—. La Rosa Apestosa es una flor rarísima (además de APESTOSÍSIMA): ¡yo mismo, que he recorrido el mundo a lo largo y a lo ancho (y también a lo alto y a lo bajo, a la derecha e izquierda), jamás he visto una!

—¡Oh, no! —suspiré—. Entonces ¡no hay esperanza para Trampita!

—¡Un momento! He dicho que *yo* nunca he visto ninguna, pero en Petrópolis hay alguien que sabe dónde encontrarla…

—¿Y quién es ese *alguien*? —preguntó Tea.

—Oh, la conocéis muy bien, no es otra que…

¡ROOOOOOoONNNF!

¡¡¡OH, NO, PIOLET SE HABÍA DORMIDO!!!

—¡Ahora que venía lo mejor! —me lamenté.

—¿Quién podrá ser? —se preguntó Tea.

En ese mismo instante, tras los **matorrales**, alguien se hacía la misma pregunta…

¿UN CONTROLCITO, STILTONUT?

Tea y yo cargamos a Piolet y Trampita en la grupa de Gruñidito y REGRESAMOS a la ciudad. Cuando entrábamos en Petrópolis, mi primo se despertó:

—Eh, pero ¿qué me ha sucedido? ¿¿Dónde están los tigres?? ¿¿¿Y Tiger Khan??? ¡Atrás, felinos pulgosos!

—La verdad es que… ¡los TIGRES se han marchado hace un buen rato! —le expliqué.

—Y hay otra cosa que debes saber…

Mi hermana se lo contó todo: el picotazo de la mosca Ronf Ronf, el Sueño Paleozoico, la existencia de un ANTÍDOTO, es decir, de un remedio capaz de curar aquella enfermedad, y…

—¡¿Queréis decir que ahora yo también he contraído el **Sueño Paleozoico**?! —preguntó Trampita muy preocupado.

—¡En efecto! —respondí—. Pero lograremos encontrar la **Rosa Apestosa**, y...

Trampita me interrumpió negando con la cabeza:

—¡No, no y no! ¡No quiero *curarme*! ¡¡¡Por fin tengo una **EXCUSA ESTUPENDA** para dormir cuando quiera!!!

¡GLUPS!

Mi hermana y yo nos miramos perplejos, y Tea trató de hacer entrar en razón a Trampita.

—Es verdad, podrías dormir cuanto quisieras, pero piensa un poco... Estás zampándote una deliciosa tostada con Podridillo y **¡PUFFF!** Empiezas a roncar.

Trampita se puso **PÁLIDO**.

—¡Glups!

—Estás probando un delicioso trozo de queso con miel… —insistió Tea—, y ¡PAFFF! Caes en un profundo sueño…

Trampita PUSO los ojos en blanco.

—¡¡Glups!!

—Estás tomando un caldito sabrosísimo, cuando… de repente ¡POFFF! Te caes redondo sobre la mesa.

—¡¡¡Por mil muslos de megalosaurio, ESO SERÍA TERRIBLE!!! —exclamó al final Trampita aterrorizado. Luego se echó a llorar y se sonó con mi pelliza—: ¡PRRR! ¡Primo, sálvame de esta tragedia! Busca la rosa, dame una medicina, dame JARABE… llévame

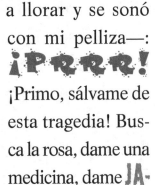

al hospital, en definitiva… haz que me curen…

¡BuAAAAAA!

Decidimos ir al hospital, por si acaso: ¡un control médico no le haría ningún daño a Trampita!

Debéis saber que el **hospital** de Petrópolis es enorme, con las salas excavadas en la ladera de una montaña. Desde muchas colas de distancia ya se oían los **LAMENTOS** de los enfermos, así como un **SONIDO** de garrotazos…

—¡Eh, alguien está tocando el tambor! —observó Trampita intrigado.

—*Ejem*… ¡no es un **tambor**! —dijo Tea con un suspiro—: ¡Es el sonido de la *anestesia*! ¡Los doctores sueltan a sus pacientes un buen cachiporrazo en la **COCOROTA** para dormirlos!

—¿QUÉÉÉÉÉÉÉ? ¡¡¡NOOOOO!!! ¡Sacadme de aquííííí! —gritó Trampita aterrorizado.

—Pero ¡Trampita, tienen que reconocerte! —insistió Tea—. Ya verás como a ti no te dan ninguna anestesia...

Por fin, no sin dificultad, logramos arrastrar a mi primo hasta el hospital.

También descargamos a PIOLET de la grupa de Gruñidito, y comprobamos que después de tantos años padeciendo el Sueño Paleozoico era capaz de CAMINAR dormido.

Al llegar al vestíbulo del hospital, me encontré ante un grupito de tres MÉDICOS.

—¡Oh, mirad quién ha venido! ¡Geronimo Stiltonut en persona! —exclamó el primer médico, que tenía el bigote rubio.

—Está usted bastante PALIDUCHO, en efecto... Venga, venga, que le haremos un pequeño controlcito...

¡OH, OH! ¡QUÉ LENGUA TAN PÁLIDA!

—¡Si yo me siento estupendamente! —le repliqué al médico, **MUERTO DE MIEDO**.

Pero él no me hizo el menor caso y empezó a examinarme.

—¡Tiene la lengua **PALIDUCHA**!

—¡Y los reflejos están bastante **flojuchos**! —dijo otro médico, tras asestarme un martillazo en la pata.

—¡Eso por no hablar de los ojos, Stiltonut! —comentó un tercer médico—. Están

¡OH, OH! ¡QUÉ REFLEJOS TAN FLOJUCHOS!

¡¡¡AAAAAYYY!!!

¡PAM

algo apagados, es más…
¡¡¡apagaduchos!!!
—¡Está muy claro
que deberíamos in-
gresarlo! —dijo
el primero.
El segundo cogió un
extraño artilugio y
comenzó a auscul-
tar los latidos
de mi corazón.

¡Oh, oh! ¡Qué ojos más apagados!

—¡Mi colega tiene razón! ¡Él dice que se encuen-
tra la mar de bien, pero su corazón suena como
una MANADA DE TROTOSAURIOS al galope!
—*Ejem*… n-no es mi corazón: ¡es mi estómago!
Llevo desde esta mañana sin comer y…
—*¡Ah! ¡Mal mal mal!* —dijo el tercer médi-
co—. ¡Con razón tiene los músculos tan FLO-
JOS! Tenemos que operar enseguida…

Y sacó un garrote gigantesco.

Por suerte, Tea me **ARRASTRÓ** fuera de allí enseguida, junto con Piolet y Trampita.

—¡Lo siento, pero no tenemos tiempo para controlcitos! —les dijo a los médicos—. ¡Puede que en otra ocasión!

¡OOOOOOOAAAAAUUUU!

—O puede que nunca… —añadí.

Corrimos escaleras abajo y fuimos a parar a una sala vacía…

Y en ese momento Piolet se despertó.

—¡Menuda siesta megalítica! —y añadió como si NADA—: Por cierto, ¿qué os estaba diciendo?

—Decías que alguien sabe dónde buscar la Rosa Apestosa… —le recordó Tea—. *Pero ¿quién?!*

—¡Ah, sí, vale! Es periodista como Geronimo, aunque sus **NOTICIAS** no siempre son, *ejem*… veraces.

Me puse pálido: no estaría hablando de…

—**¡Sally Rausmauz!** —exclamó Piolet con contundencia.

¡Oh, no! Tenía que ser *ella*, mi rival histórica (*prehistórica*, para ser más exactos), la directora de *Radio Chismosa*, la charlatana que por una noticia sería capaz de vender hasta la **cola** de sus amigos… ¡en el caso que tuviera alguno!

¡¡¡POR MIL HUESECILLOS DESCARNADOS, LA SITUACIÓN ERA TRÁGICA!!!

¡ENFERMERA! ¡¡¡ENFERMERA!!!

—¿¡¿Pedirle ayuda a Sally?!? ¡No, no y **NO**! —insistía Tea disgustada.

—Tea, tenemos que hacerlo —traté de convencerla—. Piénsalo **bien**: lo hacemos por el bien de Trampita…

—Si no hay más remedio… estamos en el lugar adecuado —suspiró mi hermana resignada—. Ayer por la noche un afanosaurio* le **ROBÓ** el monedero a Sally. Al parecer, mientras lo perseguía se hizo **DAÑO** y en este momento está en el hospital.

—Entonces no perdamos el tiempo, ¡vayamos a buscarla! —sugirió Piolet—. **¡SALLY NO PUEDE ESTAR MUY LEJOS!**

* El afanosaurio es un pequeño dinosaurio… ¡famoso por sus gamberradas jurásicas!

En efecto, Sally estaba tumbada en una cama de piedra en una habitación cercana: tenía la **BARRIGA** hinchadísima y la piel cubierta de **MANCHAS** verdes.

¡Qué raro! Pero... ¿¿¿no se había hecho daño persiguiendo a un afanosaurio???

Cuando vio entrar a Piolet, dijo asombrada:

—**¡¿Paleorratindo?!** ¿Por qué...?

—Pero cuando nos vio a nosotros se interrumpió de golpe—: Un momento, ¡¿qué hacéis vosotros aquí?! **¡¡¡ENFERMERA!!!**

¡¡¡ENFER...!!!

¡¡¡MMMPFF!!!

Piolet le puso una **pata** en la boca para impedirle que gritase.

¡¡¡Enfermeraaa!!!

—¡**CHISSST!** —le chistó—. ¡No grites! Necesitamos que nos ayudes en un asunto importante… más aún, ¡importantísimo!

—¡*Paleorratindo Piolet!* —exclamó Sally, apuntando con un dedo al pecho del explorador—. ¿Por qué traes contigo a estos **MEMOS**? ¿No sabes que Geronimo Stiltonut es el peor periodista de la prehistoria?

Piolet intentó explicarse:

—Sally Rausmauz, los Stiltonut te necesitan…

—¡*NUNCA, NUNCA Y NUNCA!* —gritó ella—. ¡Antes que ayudar a Geronimo, me entrego a Tiger Khan! ¡¡Les aumento el sueldo a mis **colaboradores**!! ¡¡¡Me apunto a un rocódromo!!!

—La ayuda es para Trampita… —aclaró Tea—. Le ha picado una mosca Ronf Ronf. Tiene que tomar la poción de Rosa Apestosa **ANTES DE TRES DÍAS**…

—… ¡y sólo tú sabes dónde se encuentran esas flores! —añadió Piolet—. ¡Me dijiste que conocías el lugar donde CRECEN! Por favor, Sally…

Ella reflexionó unos instantes y luego esbozó una sonrisa MISTERIOSA.

—Mmm, de acuerdo, os ayudaré —dijo—. Pero naturalmente, quiero algo a cambio. Los favores no se hacen GRATIS, ¿no lo sabíais?

—A decir verdad, los favores *siempre* deberían ser gratis —precisé—. Sea como sea, te escuchamos… ¿qué quieres a cambio?

—¡Quiero la EXCLUSIVA de la noticia que difundiremos sobre el descubrimiento de la Rosa Apestosa! —respondió—. Y, lo más importante, ¡quiero salir de aquí y marcharme con vosotros!

Tea negó con la cabeza.

—¡Los médicos no te darán el alta!

—Por cierto… ¡¿qué te ha sucedido para acabar
así?! —preguntó Piolet—. ¿Seguro que ha sido
un **afanosaurio**?

—Ah, ésa es la noticia que he hecho correr para
parecer más valiente… —reconoció
Sally—. En realidad, me comí una

sandía jurásica en
mal estado y… ¡mirad cómo
he acabado!

—¡Ji, ji, ji! ¡La verdad es que
tu barriga parece una sandía
—se **río** Trampita.

—¡Mira quién habla! —replicó
Sally ofendidísima.

—**Venga ya, Sally**… —dijo Tea—. ¡No puedes venir con nosotros! ¿Por qué no nos dices de
una vez dónde crecen las **Rosas Apestosas**? La exclusiva del descubrimiento será tuya
igualmente.

Sally cruzó las patas y siguió en sus trece:

—¡¡¡Ni hablar del peluquín!!! ¡Tenéis que **SACARME** de aquí: estoy harta de estar en esta cama todo el día!

—¡Un momento… tengo la solución! —dijo Piolet, que empezó a buscar en sus bolsillos y sacó de su interior: un MATAMOSCAS para ahuyentar insectos, el TIMÓN de una barca prehistórica, una **Mesilla** para pícnics jurásicos…

—Tiene que estar por aquí... —farfulló, sin dejar de buscar—. ¡Ya lo tengo! —y nos mostró una

¡HE AQUÍ!

guindilla roja roja roja—. Esto es una guindilla de la Tierra del Fuego… —nos explicó—. ¡Un remedio infalible contra los efectos de la sandía jurásica **EN MAL ESTADO**! —y después añadió—: ¡Valor, Sally, cómetela!

Ella puso cara de ASCO, pero cogió la guindilla y se la tragó.

—¡TODOS DEBAJO DE LA CAMA, RÁPIDO! —ordenó Piolet.

Y enseguida comprendimos por qué…

Sally abrió unos ojos como platos a causa de lo que picaba aquella guindilla, y empezó a REBOTAR de aquí para allá como un globo desinflándose.

PPPPPPPPPPSSSSSSSSSSS

Y mientras se deshinchaba, chocaba con todo lo que se le ponía por delante.

¡PUM! ¡CRAC! ¡PATAPUM! ¡PAF!

Sally volvió a aterrizar por fin en su cama. Su
BARRIGA había vuelto a la normalidad, y
las manchas verdes habían desaparecido.

En resumen, volvió a ser la Sally Rausmauz de siempre.

Los médicos se quedaron bo- quiabiertos cuando la vieron restablecida y le dieron el alta de inmediato, ¡así que pudimos empezar nuestra increíble BÚSQUEDA!

AY, AY, AY...

¡PUM!

UF, UF...
ARF, ARF...

Una vez fuera del hospital, entonces Sally nos dio instrucciones:

—¡Lo primero que hay que hacer para encontrar la Rosa Apestosa es atravesar el desierto!

—¿¡¿El desierto?!? —exclamé—. Pero si es cálido, calidísimo, tórrido... ¡GLUPS!

—¡Recuerda que lo hacemos por Trampita! —observó Tea.

¡¡¡Y TENÍA RAZÓN: DEBÍAMOS AYUDAR A *TRAMPITA*!!!

Nos pusimos en marcha, pero no tardé en notar que ALGUIEN nos seguía.

Traté de decírselo a los demás, pero mi hermana me dijo:

—Eres el cagueta de siempre, Ger... ¡ves peligros incluso cuando no existen! ¡Vamos, **ponte las pilas** y deja de soñar con los ojos abiertos!

¡Por el trueno del Gran Bzot, el sol nos tostaba la cola, la arena nos abrasaba las patas, el viento nos alborotaba los bigotes. **¡Uf... Arf! ¡¡¡Qué cansancio paleozoico!!!**

Sally no paraba de quejarse:

—¡Este calor es **DEMASIADO** *caliente*! ¡¡Esta arena está **DEMASIADO** *caliente*!! ¡¡¡Y este viento es **DEMASIADO** *caliente*!!!

¡¡¡Este calor es demasiado... caliente!!!

¡Uf... Arf!

¡¡¡Por mil pedruscos despedregados, menuda **QUEJICA JURÁSICA**!!!

Llegó un momento en que Sally plantó sus patas en la arena, y dijo de muy **malos modos**:

—¡No puedo más! ¡Me quedo aquí!

—¡No puedes pararte! —dijo Trampita—. ¡Sólo disponemos de **TRES DÍAS** para dar con el antídoto! ¿Si no, cómo me curaré?

Sally se encogió de hombros y respondió:

¡MÁS DEPRISA, MÁS DEPRISA!

ARF, ARF...

—Entonces, que Geronimo me lleve a caballito...

—*¡No pienso hacerlo!* —exclamé, cruzándome de patas.

—Pues ¡no habrá **POGAS**! —replicó ella.

Suspiré: Trampita necesitaba el antídoto, así que, a **regañadientes**, cargué a la protestona de Sally sobre mis hombros.

¡POR MIL HUESECILLOS DESCARNADOS, MENUDO FASTIDIO PREHISTÓRICO!

Mientras Tea, Trampita y Piolet reemprendían el camino, yo di algunos pasos con Sally sentada sobre mi mochila, pero... ¡por mil fósiles fosilizados, pesaba como un cachorro de T-Rex tras darse un **atracón** megalítico!

Cuando el sol *(¡por fin!)* se ocultó, exclamé muy entusiasmado:

—¡Ya era hora de que hiciera un poco de **fresco**! Pero el aire, más que fresco... ¡se volvió **HELADO**! Tan helado que los dientes empezaron a castañetearme y me puse a temblar como un **FLAN** de requesón jurásico.

—Por lo que más quieras, Geronimo, ¡¿puedes estarte quieto de una vez?! —protestó Sally—. ¡A este paso me harás caer de la mochila!

—Vamos, acampemos en cuanto **anochezca** —decidió Piolet.

Con la ayuda de mi hermana Tea (y de un par de pedernales de viaje) encendí un **FUEGO**.

Nos sentamos alrededor de la hoguera y calentamos unos **QUESITOS PALEOLÍTICOS** a las hierbas prehistóricas.

Pero de pronto, Sally suspiró:

—Ay, qué cansancio… para recuperarme necesitaría otro quesito… ¡siempre y cuando queráis llegar hasta las rosas, claro!

¡¡¡POR MIL FÓSILES FOSILIZADOS, MENUDA CHANTAJISTA!!!

Suspirando, le cedí mi ración y me metí en el saco de dormir.

Piolet y Trampita cayeron al instante en un **sueño profundo**, pero ¡Tea y yo no lográbamos dormir, por culpa de mi barriga que **rugía** de hambre!

Sally tampoco lograba conciliar el sueño.

—¡Uf, debo haber comido **DEMASIADO**!

¡Y si no descanso, mañana no podré caminar! ¿Por qué no me **cantáis** una nana? Siempre y cuando…

—… *¡queramos llegar hasta las rosas!* —nos anticipamos Tea y yo, como un solo **ratón**.

Y nos pusimos a cantar:

—Duérmete, Sallyyyy, duérmete yaaa…

¡Duérmete, Sally, duérmete yaaa!

¡Duerme, duerme… angelito duerme!

De pronto, alguien irrumpió a nuestra espalda.
¡Y ese alguien era **TIGER KHAN**!

—¡Dadme el remedio contra el Sueño Paleozoico! —rugió—. ¡Mis **SECUACES** han oído que
sabéis dónde se encuentra…

Dos **TIGRES** de la Horda Felina surgieron de
entre las sombras en actitud amenazante.

Sally se hizo pequeña pequeña pequeña:

—¡Socorro! ¡¡¡No tengo ni idea de dónde está la
rosa!!!

—¡Ha mencionado una rosa! ¡¡Entonces lo sabe!!
¡¡¡Vamos, es a ella a quien debemos capturar!!!
—dijo Tiger Khan—. **¡¡¡APRESADLA!!!**

Pero cuando los tigres se abalanzaron sobre Sally,
de repente se levantó un viento fortísimo que de-
rribó a los felinos.

Piolet exclamó alarmado:

—¡¡¡Una **TORMENTA DE ARENA**!!!

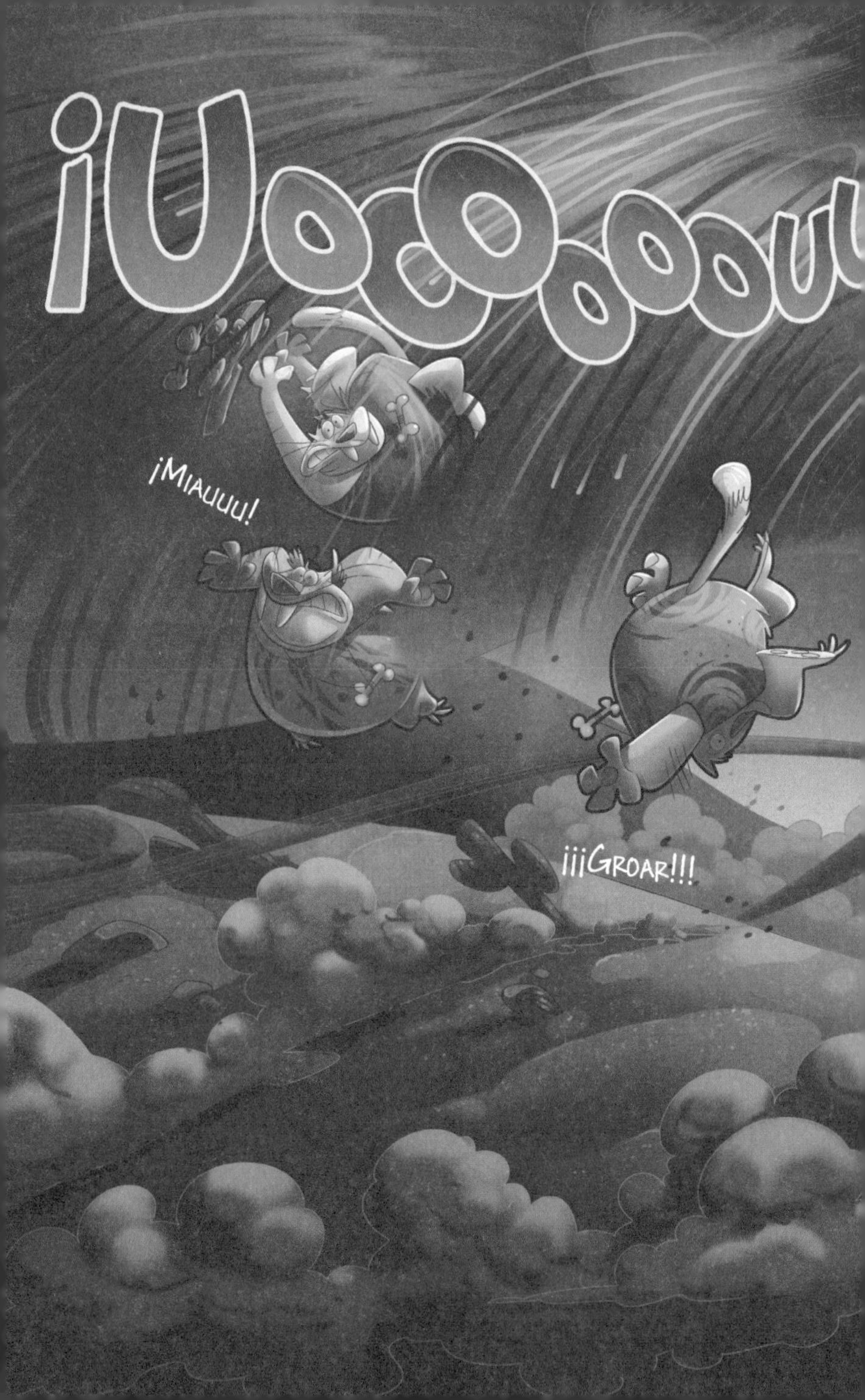
¡UOOOOOOU
¡Miauuu!
¡¡¡Groar!!!

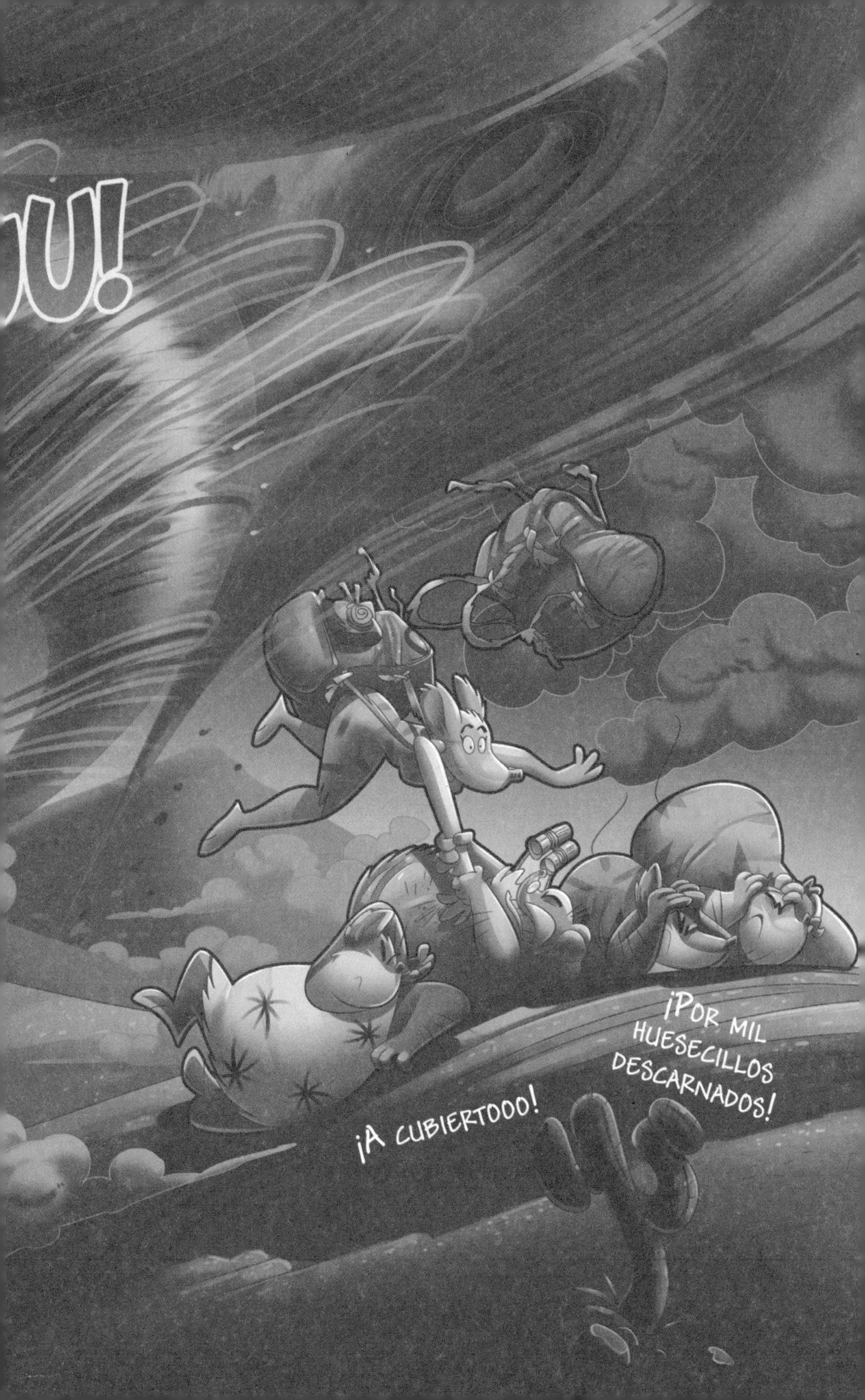
…ÚU!
¡A CUBIERTOOO!
¡POR MIL HUESECILLOS DESCARNADOS!

¡¡¡Fiuuuuuuuuuu!!!

Nos metimos en los sacos de dormir, pero ¡¡¡la tormenta era **INTENSÍSIMA**, **INCREÍBLE**, **ESPANTOSA**!!!

—¡No temáis, he visto muchas tormentas de arena! —nos tranquilizó Piolet.

—*¿Amainará? ¿Se acabará? ¿Remitirá?* —pregunté esperanzado.

—No te preocupes, Geronimo, yo diría que todo está bajo control…

¡ROOOOOooOOONNNF!

¡Oh, no, como de costumbre, Piolet se había dormido en el peor momento!

Pero al fin, la tormenta mitigó y todos nos quedamos dormidos. ¡Por mil tibias de tricerratón, estábamos **AGOTADOS, REVENTADOS, ACABADOS**! Al amanecer, nos despertamos con arena hasta los bigotes, pero sanos y salvos: la tormenta ya había pasado.

—¡Oh, no! Mirad allí —se **sobresaltó** Trampita.

—¿Qué pasa? —preguntó Piolet—. ¿Tiger Khan? ¿¿La Horda Felina?? ¿¿¿Un T-Rex???

—¡Qué va, muchísimo peor! **¡ES UNA DUNA GIGANTE!**

En efecto, a pocas **COLAS** de nosotros, la tormenta había creado una duna de arena altísima.

PERO ESO ES... ES...

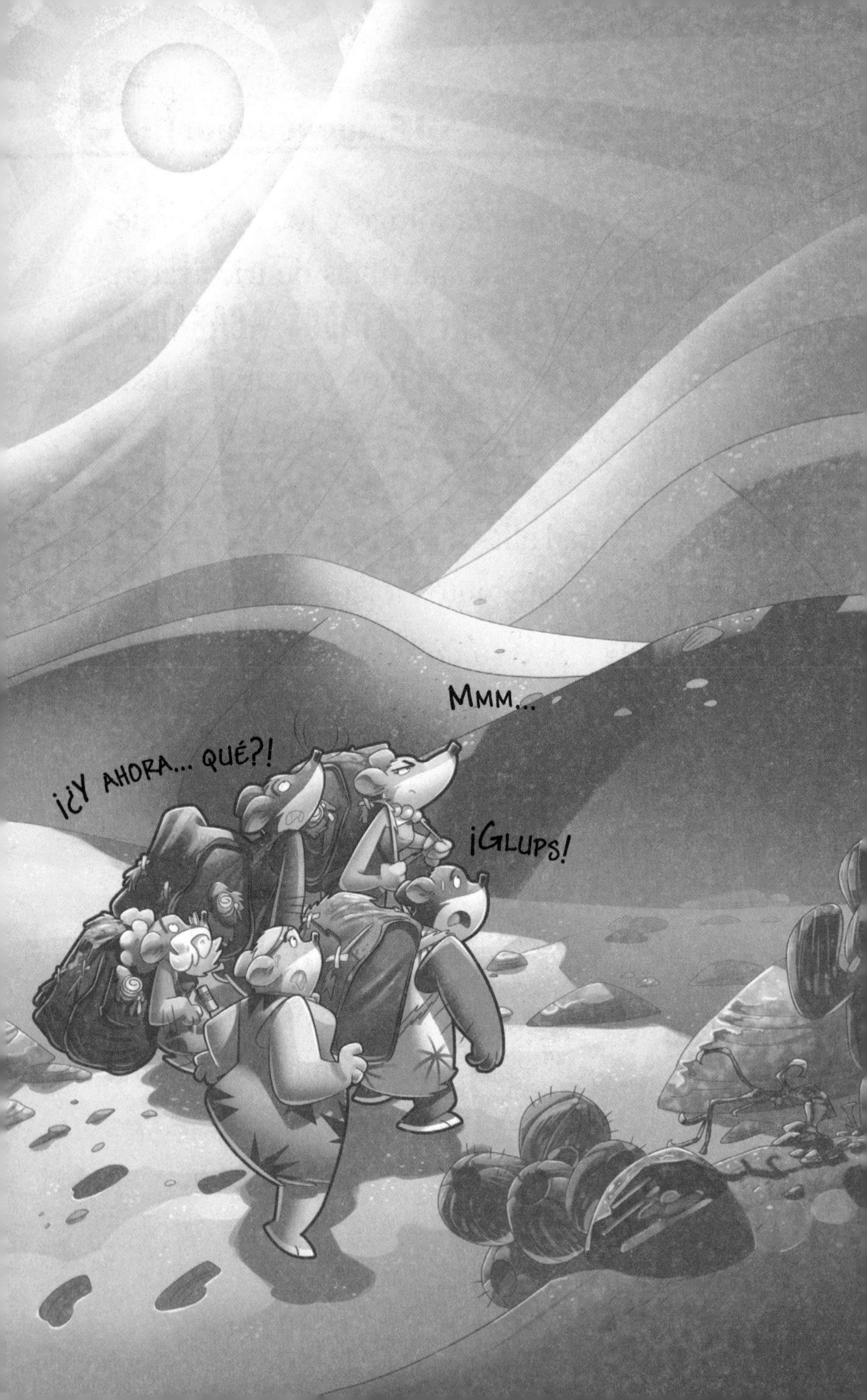
¡¿Y AHORA... QUÉ?!
MMM...
¡GLUPS!

—¿Y tendremos **(¡GLUPS!)** que escalarla? ¡Yo me siento hecho polvo! —suspiré.

Tea me **animó**:

—Si queremos llegar a la Rosa Apestosa, tenemos que ponernos en marcha… ¡Vamos, Ger!

Y entonces nos preparamos para aquella subida megalítica.

¡Uf… Arf! ¡¡¡Qué agotamiento paleozoico!!!

Pero pasito a pasito, finalmente llegamos a la cima. Yo estaba a punto de suspirar aliviado cuando…

¡FIUUUUUUUUUUUUUUUU!

… ¡empezó una nueva tormenta de arena!

—**¡OH, NO! ¡¡¡OTRA VEZ!!!** —dije.

En esta ocasión el vendaval cesó casi de inmediato, pero cuando salimos de nuestros sacos de dormir… se había formado una nueva **MONTAÑA DE ARENA**. ¡Y lo peor era que ésta aún era más alta que la primera!

POR MIL FÓSILES FOSILIZADOS, ¿¿POR QUÉ, POR QUÉ, POR QUÉ TODO TIENE QUE PASARME A MÍ?!?

—¡Ánimo, subespecie de escritorzuelo! —me azuzó Sally—. Debemos ponernos en marcha si…

—… ¡si *queremos llegar a las rosas!* —concluí yo—. Sí, sí… ¡ya lo sé!

Empezamos a **TREPAR** por la duna. ¡Llegué a la cima con la lengua colgando como una **liana prehistórica**!

—¡Yo me paro aquí! —anuncié—. Me echaré una buena **siestecita** y…

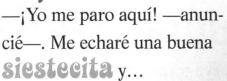

¡ÁNIMO!

¡UF… ARF!

—¡Ni se te ocurra, Stiltonut! —me regañó Piolet—. Ya que hemos llegado tan **ARRIBA**, tenemos que aprovecharlo sin perder tiempo…

Dicho esto, se **LANZÓ** duna abajo.

Mientras descendía a toda velocidad, gritó:

—**¡YUJUUU! ¡¡¡VAMOS, SEGUIDME VOSOTROS TAMBIÉN!!!**

Entonces Trampita se dejó caer como un pedrusco jurásico. Sally lo siguió y yo hice lo mismo, pero con menos impulso.

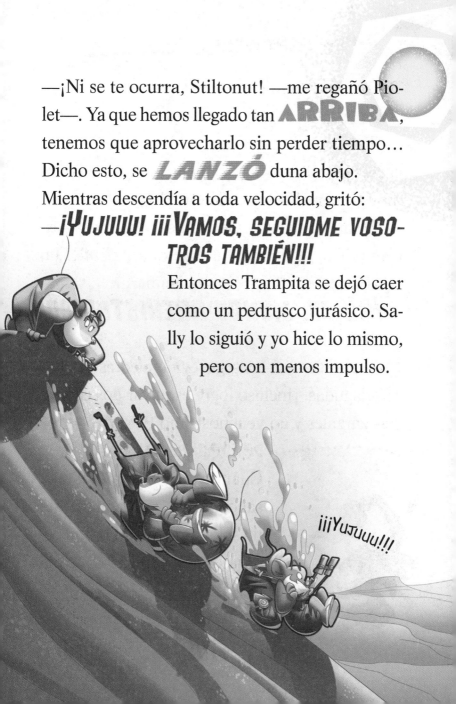

¡¡¡Yujuuu!!!

Tea me miraba impaciente:

—Bueno, ¿a qué esperas?

—¿Es que no lo estás viendo? Pedruscos, ramas, cactus paleolíticos… ¡¡¡si me tiro, mi trasero tendrá que vérselas con todo eso!!!

—¡Déjate de cuentos, Geronimo! ¡Abajooo! —exclamó Tea, al tiempo que me daba, *ejem*… un amable 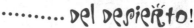 empujón para animarme.

—¡ADIÓS, MUNDO PREHISTÓRICO! —grité.

Pero, por una vez, conseguí evitar piedras y ramas puntiagudas. ¡Incluso logré esquivar dos cactus, seis zarzales y un venenosísimo ESCORPIÓN DEL DESIERTO!

Cuando llegué abajo estaba sano y salvo, todo entero, sin un solo rasguño… ¡Por mil pedruscos despedregados, no podía creerlo!

Y tampoco pude dar crédito cuando miré a mi alrededor: ante mí apareció... ¡un OASIS! Palmeras exuberantes, flores frescas, un lago cristalino...

¡POR MIL HUESECILLOS DESCARNADOS, QUÉ LUGAR TAN FANTÁSTICO!

Me zambullí de cabeza en las límpidas aguas del lago y... ¡POF!

Acabé con el hocico hincado en la arena.

Aquello no era un oasis, ¡era un ESPEJISMO!

¡ESPEJISMOS!

Por si no lo sabíais (y si no ya os lo explico yo), en el desierto es fácil ver espejismos: el aire cálido, la arena **ARDIENTE** y el bochorno insoportable pueden crear ilusiones ópticas que hacen que parezca que hay agua donde en realidad sólo hay arena, ¡arena y más arena!

Y así, cuando me puse en pie, vi (puede que esta vez fuera por un exceso de sol en la cocorota) una superratónica **mesa rebosante** de quesos, bebidas y frutas de todas clases. Me lancé sobre aquel fabuloso banquete, pero la mesa DESAPARECIÓ y me quedé con un puñado de arena en la mano.

Sally me miraba riéndose.

—¡Ja, ja, ja! ¡¡¡Nunca me había divertido tanto, Stiltonut!!!

Seguí **CAMINANDO** y traté de ignorarla, pero el calor, la sed y el hambre se hacían sentir. Se me aparecieron, por este orden: una cazuela llena de fondue de **PODRIDILLO**, un cazo de **RATFIR** y una fresquísima macedonia de fresas silvestres.

Resistí la tentación de catar aquel espejismo, pero entonces se me apareció una **MONTAÑA**.

Era altísima y oscura, rodeada de nubes que cubrían la cima. Afortunadamente, en la falda había un **OASIS** con una laguna y vegetación.

¡Y allí, apoyada en una palmera, estaba ni más ni menos que *Vandelia Magodebarrio*, la hija del chamán Fanfarrio! ¡Ella en persona, la roedora de mis sueños! Llevaba una faldita de **hojas** y *bailaba* con mucho arte. ¡¡¡Me saludó con la patita y me lanzó un beso!!!

Glups… ¡yo estaba más colado por ella que un **colador agujereado**!

¡ESPÉRAMEEEEE!

—Vandelia, ¿¡¿e-eres tú?!? —grité entusiasmado—. Eh… *¡¡¡ESPÉRAMEEEEE!!!*

Corrí hacia ella con una dulce sonrisa, y…

¡¡¡PAM!!!

Acabé empotrándome contra una inmensa PAL-
MERA JURÁSICA.

¡¡¡Por mil huesecillos descarnados,
era otro espejismo… SNIF!!!
Las palmeras y las plantas esta
vez sí existían de verdad.
Tea, Trampita, Piolet y Sally
llegaron al centro del oasis.

En las palmeras había LOROS, tucanes y otras aves variopintas. ¡¡¡Por mil huesecillos descarnados, incluso había un mamut y un pterodáctilo bebiendo!!! ¿¡¿ERA ESO POSIBLE?!?

—¡Ah, no, no y no! ¡¡¡Esta vez no pienso picar!!! —exclamé con determinación.

Miré mejor y vi a Tea y Piolet refrescándose en el agua, mientras Sally se BAÑABA los pies en la orilla de la laguna… ¡Sí, todo parecía de verdad!

—Ah, pero yo no tengo un pelo de tonto. ¡Estos espejismos no volverán a engañarme! —me repetía, frotándome los ojos.

Y cuando Trampita me invitó a ir con él al agua, me quedé donde estaba.

—Seguro que todo es una tomadura de pelo, ¿qué os pensáb…?

Entonces el mamut se me acercó, sumergió la trompa en la laguna y…

¡CHOOOOOFFFF!

... me lanzó un potentísimo chorro de agua que me despeinó los bigotes y me dejó CHO-RREANDO la pelliza.

Así pues… ¡¡¡no era un espejismo!!!

—¡Ja, ja, ja, ja! —se desternilló Sally—. ¡Es la monda!

—¡Vamos, Geronimito, ven! ¡Esta vez todo es DE VERDAD! —me dijo Trampita.

Justo en ese instante, el PTERO-

¡GLUPS!

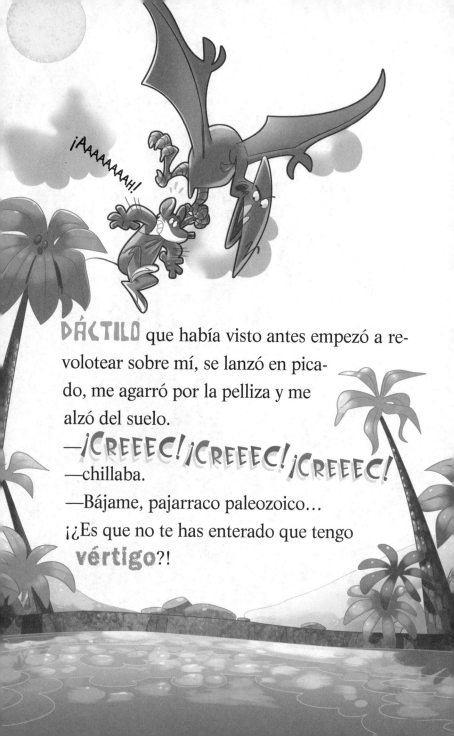

¡AAAAAAAH!

DÁCTILO que había visto antes empezó a revolotear sobre mí, se lanzó en picado, me agarró por la pelliza y me alzó del suelo.

—¡**CREEEC!** ¡**CREEEC!** ¡**CREEEC!** —chillaba.

—Bájame, pajarraco paleozoico…
¡¿Es que no te has enterado que tengo **vértigo**?!

Pero él siguió volando y graznando por encima del oasis. Luego me dejó caer justo cuando sobrevolaba la laguna.

¡¡¡Por mil pedruscos despedregados, qué chapuzón superratónico acababa de darme!!!

El mamut me roció delicadamente con su trompa, obsequiándome así con el primer hidromasaje de la Edad de Piedra.

Después de descansar, empezamos a inspeccionar los alrededores en busca de la **Rosa Apestosa**. Y entonces…

—¡Lo siento, bobalicones, pero la rosa aún está lejos! —nos dijo Sally.

—¿¡¿Quééé?!? —exclamó Tea impaciente.

—¡Las rosas no están aquí, sino en la cima de la **MONTAÑA**! —concluyó Sally.

—¡¡¡Noooo… **OTRA SUBIDA**!!! —dije.

Sin embargo, como ya estaba a punto de **ANO-CHECER**, Piolet propuso descansar en el oasis y empezar la escalada al alba.

—Pero ¡¡¡mañana se cumplen los **TRES DÍAS** de plazo para el antídoto!!! —dijo Tea.

—Lo sé —respondió Piolet—, pero no podemos trepar a oscuras: ¡es demasiado peligroso!

Y tenía razón, así que acampamos.

El **mamut** (nos dio a entender mediante bramidos y saltitos que se llamaba Trituratut) pasó la noche con nosotros. El **PTERODÁCTILO** (al que llamamos Creeec, como el chillido que emitía), en cambio, se puso a dormir en una rama. Cuando cayó la noche, me pareció *(una vez más)* ver sombras…

POR MIL FÓSILES FOSILIZADOS, ¿¿¿Y SI ERAN DE NUEVO LOS TIGRES?!?

Pero estaba demasiado cansado para tener miedo, de modo que me acurruqué a los pies de Trituratut.

—¡Uiiik! —bramó el mamut.

—¡Creeec! —chilló el pterodáctilo, deseándonos **BUENAS NOCHES**.

Y todos nos quedamos dormidos, contentos de haber hecho dos nuevos amigos.

¡GROAAAARRR!

A la mañana siguiente, Piolet dispuso todo lo necesario para la **ESCALADA**: lianas entrelazadas, clavos y ganchos de granito para trepar.

—No tengo la menor intención de agotarme por una flor **NAUSEABUNDA** —dijo Sally—. Os esperaré aquí, ¿¡¿de acuerdo?!?

Nosotros comenzamos la gran ascensión.

¡Por mil pedruscos despedregados, qué fatiga! Mientras subíamos por una **pared** empinadísima y escarpada, me falló una pata y…

¡FIUUUUUU!

… me precipité al vacío.

—**¡AAAAH!** —grité.

Por suerte, Tea logró asegurar a un gancho la **liana** que nos unía, y me quedé balanceándome en el vacío como un péndulo paleozoico.

¡¡¡FIUUU... SALVADO POR LOS PELOS!!!

Mi hermana tiró de mí con la ayuda de Trampita y Piolet. Después, los tres nos adentramos en un **nubarrón** que ocultaba la cima de la montaña.

De pronto, empezó a caer una **LLUVIA** helada que nos empapó las pellizas.

—Vayamos allí dentro —dijo Tea.

¡GLUPS!

Todos a una, nos adentramos en una **GRU-TA** que se abría en la pared de roca y nos tendimos a descansar, empapados y fríos como carámbanos jurásicos.

—¡Estoy hecho polvo! —dijo Trampita, mientras se tumbaba.

—Pues ¡yo estoy tan cansada, que hasta esta **ROCA TAN DURA** me parece comodísima! —comentó Tea.

—¿¡¿Roca dura?!? —exclamé—. Pues ¡yo he tenido más suerte! He encontrado una **manta suave suave**...

Entonces Piolet abrió los ojos de par en par **ATE-RRORIZADO**:

—¡¿Manta?! Sal de ahí, Geronimo, eso es...

¡GRRRROOOOAAAARRR!

Un rugido megalítico retumbó por toda la caverna.

No era ninguna manta: aquello era un terrible, espantoso, mortífero… ¡¡¡**OSO DE LAS CAVERNAS**!!!

Aterrorizado, estaba dispuesto a convertirme en **comida para osos**, cuando Piolet se acercó al animalote, lo miró a los ojos y se echó a **reír** con ganas.

—Pero si tú eres… **¡CAVERNOSA!** —gritó el explorador, chocando los cinco con el oso (¡con la osa, mejor dicho!)—. ¡¡¡Querida amiga!!!

PIOLET SE ACERCA…

La osa saludó a Piolet dándole un fortísimo abrazo. Después Piolet nos explicó que durante una de sus legendarias exploraciones, había salvado a Cavernosa de las garras de un HIELOSAURIO (un T-Rex polar).

—¡Tiempo atrás, Cavernosa vivía en las TIERRAS POLARES, pero ahora prefiere un clima más templado! —nos explicó Piolet.

Mediante gestos y gruñidos, la osa se disculpó por habernos asustado y nos ofreció miel.

... MIRA AL OSO A LOS OJOS...

... ¡Y LOS DOS SE ABRAZAN!

Y al cabo de un momento, Piolet y Trampita se sumieron en el **Sueño Paleozoico**.

—Piolet y Trampita duermen a pierna suelta —constató Tea—. ¡Ánimo, Geronimo, es nuestra oportunidad! ¡¡Vamos a buscar las Rosas Apestosas!! ¡¡¡Cavernosa se quedará aquí cuidando de ellos!!!

—Mmm… ¡después de este atracón de miel, me siento *casi* preparado! —anuncié.

Gracias a la habilidad de mi hermana, la roedora más **ÁGIL** e **INTRÉPIDA** de la prehistoria, escalamos el último tramo de roca sin problemas (¡aparte de la **FATIGA MEGALÍTICA**!). Llegamos a la cima y, por fin, ante nosotros estaban las célebres, increíbles, terroríficas…

¿Rosas Apestosas?

¡A primera vista podían pasar por rosas normales, pero tenían un color SINIESTRO, TERRIBLE, INQUIETANTE! Y, sobre todo, apestaban más que Trampita cuando no se lava en toda una era geológica.

Me tapé la nariz y puse cara de asco.

—¡UF, QUÉ PESTE! —gimoteé.

—¿Y QUÉ ESPERABAS, RATONZUELO? ¿¡¿PERFUME DE VIOLETAS?!? ¡JAR! ¡¡JAR!! ¡¡¡JAR!!!

Me volví lentamente, y... ¡¡¡oh, nooo!!!

¡¡¡TIGER KHAN y sus secuaces habían llegado a la cima de la montaña antes que nosotros!!!

¡¡¡CUIDADO, GER!!!

Los tigres, a los que no parecía molestarles en absoluto aquella horrible, nauseabunda peste (sin duda estaban acostumbrados al tufo de **Moskonia**, la ciénaga donde viven), habían recogido un buen ramillete de Rosas Apestosas y venían hacia nosotros.

¡BRRR... QUÉ CANGUELO FELINO!

Pero Tea les dijo sin acobardarse:

—¿¡Otra vez vosotros, gatotes?! ¡No me digáis que nos habéis seguido!

—¡Has dado en el clavo! —confirmó el primer **TIGRE**—. La tormenta de arena nos hizo aterrizar cerca del **OASIS** donde acampasteis, así que os espiamos, os seguimos y…

—… ¡y hoy hemos **ESCALADO** la montaña antes que vosotros! —concluyó Tiger Khan—. ¡De no ser por ese mamut pulgoso que os protegía, ya os habríamos convertido en delicioso **PI-CADILLO DE RATÓN**!

—Pero ¡podríamos hacerlo ahora! —propuso el segundo tigre, lamiéndose los bigotes.

—¡Exacto! —asintió Tiger Khan, sacando las **GARRAS** y saltando hacia mí.

Yo cerré los ojos y me quedé **PARALIZADO** del terror. Oh, no… ¡Adiós, mundo prehistórico!

Pero no pasó nada. Cuando volví a abrir los ojos…

¡ROOOOOOOONNNF!

… ¡Tiger Khan dormía plácidamente como un **gatito**! Uf… ¡El Sueño Paleozoico lo había adormecido en pleno ataque! Pero los otros tigres estaban despiertos y hambrientos, y se **RE-LAMÍAN** los bigotes.

¡Por mil fósiles fosilizados, querían tomar un tentempié de roedores!

¡¡¡Tea y yo empezamos a correr por el altiplano veloces como FLECHAS!!!

—¡Es inútil que huyáis, ratonzuelos! ¡Tarde o temprano os atraparemos! —rugieron los tigres.

Corrimos a toda velocidad, pero estábamos demasiado cansados, y uno de los tigres me alcanzó. Sin darme cuenta, retrocedí hasta el borde del altiplano… *ejem*, ¡¡¡puede que un poquito *más allá*, incluso!!!

—¡¡¡Cuidado, Ger!!! —gritó Tea.

Pero ya era demasiado tarde: perdí el equilibrio y caí al vacío, precipitándome montaña abajo.

—¡No quiero extinguirmeeee!

—grité con el último aliento que me quedaba.

Por suerte, logré agarrarme a una **RAMA** que sobresalía entre las rocas. Pero era muy fina y estaba demasiado reseca para sostenerme, así que las **raíces** comenzaron a ceder lentamente.

¡CRIIIIC!
¡CRAAAAC!
¡CROOOOC!

Ya me veía aplastado como un **QUESITO** al sol, cuando un chillido agudo rompió el silencio de la montaña…

¡CREEEC!
¡CREEEC!
¡CREEEC!

¡Era él… Creeec, nuestro amigo PTERODÁC-TILO! El dinosaurio volador me sujetó enseguida por las patas y me salvó.

—¡Gracias, Creeec! ¡Ahora llévame a aquella CUEVA de allí abajo! —le pedí.

Cuando llegué a la cueva de Cavernosa, se lo expliqué todo:

—¡Tea está en peligro! ¡Tienes que ayudarme, CAVERNOSA!

Dejamos solos a Trampita y Piolet (que seguían durmiendo) y volvimos a SUBIR a la cumbre; Cavernosa trepó con gran agilidad gracias a sus robustas patas, mientras que a mí me llevó Creeec volando.

Al llegar al altiplano, entonces vi que mi hermana Tea se defendía de los tigres lanzándoles piedras y FOCAS.

¡Los felinos tenían la cabezota llena de chichones de proporciones megalíticas!

Los tigres, **ENFADADÍSIMOS**, se disponían a responder al ataque de Tea, cuando Cavernosa alcanzó la cima de la montaña y lanzó su poderoso rugido:

¡GROOOAAAAAARRRRR!

Los gatazos alzaron las orejas, y después se quedaron pálidos y aterrorizados.

—**¡¡¡UN OSOOOO!!!** —gritaron, corriendo de aquí para allá, mientras Cavernosa se abalanzaba sobre ellos con gran rapidez.

Los **TIGRES** colmilludos huyeron más rápidos que un velocirraptor; recogieron a Tiger Khan, que seguía durmiendo, y marcharon a toda prisa maullando como gatitos asustados.

—Dis-disculpe, señor oso…, ¡nosotros ya nos vamos! —dijo el primer tigre.

—¡DEPRISA, DEPRISA, DEPRISA! —añadió el segundo—. ¡Y no pensamos volver!

Por toda respuesta, Cavernosa rugió de nuevo. Los felinos saltaron por los aires del susto y empezaron a **RODAR** montaña abajo como si fueran sacos de patatas paleozoicas.

—Por cierto, no es un oso —les gritó Tea a los maltrechos felinos—, *¡¡¡es una osa!!!* —luego, mirando a nuestra amiga, le dijo—: ¡Gracias, Cavernosa! ¡¡¡Nos has salvado el pellejo!!!

Yo acaricié el pico de Creeec:

—Gracias también a ti, amigo…

… ¡TE DEBO LA VIDA!

Y sin perder más tiempo, nos pusimos a recoger las **Rosas Apestosas**.

¡Uf! Su hedor era realmente desagradable, pero estaba en juego la salud de Trampita.

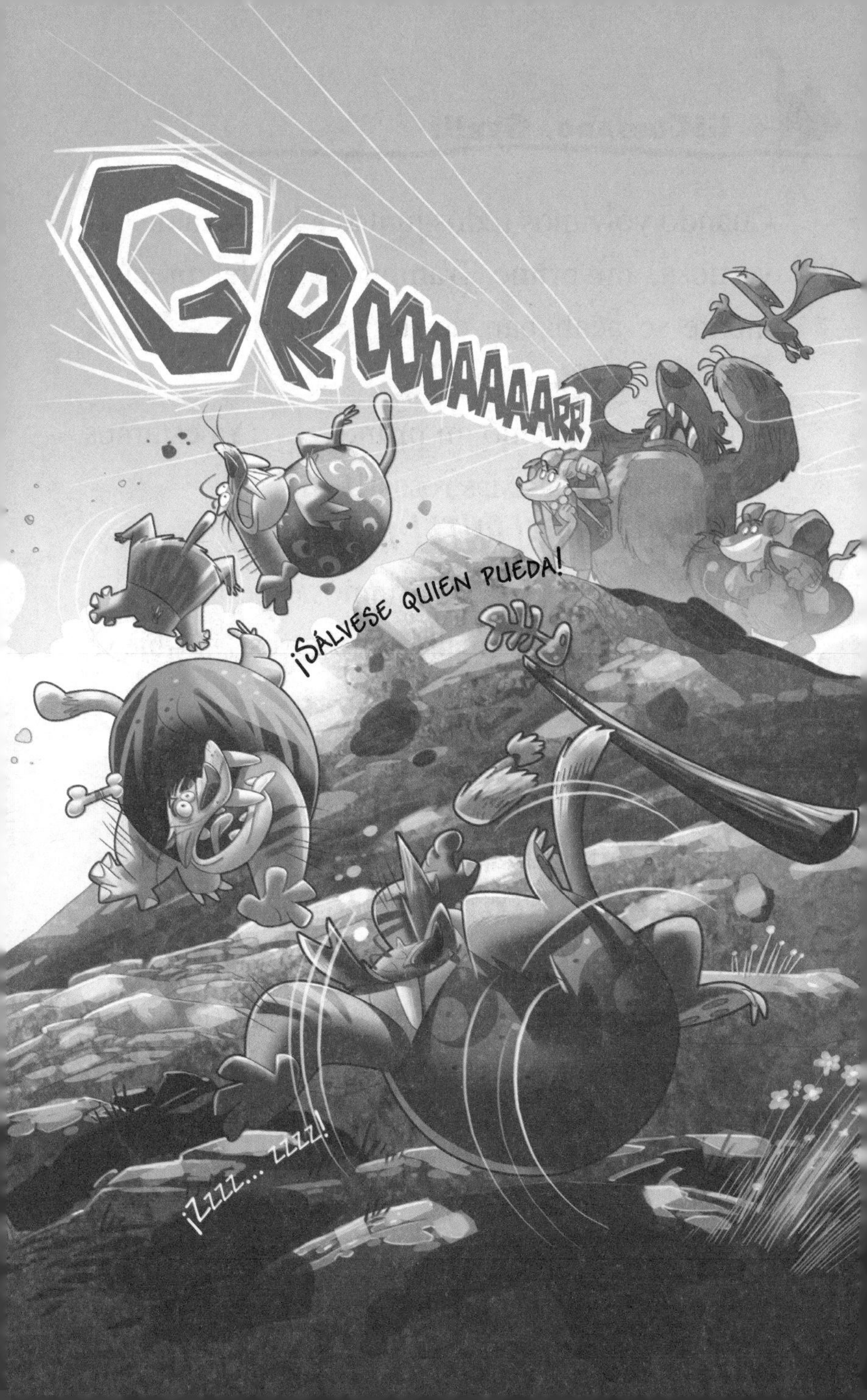
GROOOAAAARR
¡SÁLVESE QUIEN PUEDA!
¡ZZZZ... ZZZZ!

Cuando volvimos todos juntos a la cueva de Cavernosa, mi primo Trampita y Piolet precisamente se acababan de despertar del **Sueño Paleozoico**.

—¡Bien! —exclamó mi primo—. ¡¡¡Ya estamos listos para recoger las rosas!!!

—**¡VAMOS, ADELANTE! ¡¡¡ÁNIMO!!!** —nos exhortó Piolet—. ¡¿A qué estamos esperando?!

—*Ejem*, es que... en realidad nosotros… —dije yo **riendo**.

Tea, sonriente, continuó con la explicación:

—Veréis… Geronimo y yo hemos subido a la cima de la montaña, mientras vosotros dos estabais **roncando**, ¡y hemos traído un buen ramo de rosas!

—¡Es una noticia fantástica! —exclamó Trampita, que corrió a abrazarnos—. ¡Gracias, primos! ¡¡¡Ya sabía que podía contar con la ayuda de **MI FAMILIA**!!!

—Pero ahora debemos darnos prisa. Nuestra **MISIÓN** no ha terminado. Tenemos que bajar y preparar la **INFUSIÓN** —nos recordó Piolet—. No hay un instante que perder: ¡¡¡los tres días de plazo están a punto de concluir!!!

¡GRACIAS, PRIMOS!

LA INFUSIÓN DE ROSA APESTOSA

Cuando bajamos hasta la falda de la montaña, encontramos a los tigres de la **Horda Felina** (entretanto habían llegado más) tratando de despertar a Tiger Khan.

También estaba Sally que había preparado un caldero con agua para la **INFUSIÓN**, que estaba hirviendo sobre el fuego. ¡Por mil fósiles fosilizados, puede que en el fondo del fondo (pero muuuy *en el fondo*) ella también fuera capaz de ser **amable**!

Sally me leyó el pensamiento.

—¡¿Qué pasa, Stiltonut?! Yo *siempre* soy amable... ¡incluso con un **CABEZA DE COCO** como tú!

Estuve a punto de replicarle, pero no había tiempo.

Teníamos que meter las rosas en el caldero inmediatamente. Tea, Piolet y yo arrancamos los pétalos de las Rosas Apestosas y los echamos en el agua. Una **TREMENDA PESTILENCIA** llenó el aire… ¡Por mil huesecillos descarnados, el hedor era tan fuerte que los tucanes, los **LOROS** y los colibrís dejaron de cantar y huyeron volando para no tener que soportarlo! Trituratut se quedó con nosotros, pero… ¡para evitar aquel pestazo, se hizo un **nudo** en la trompa! Piolet cogió una escudilla y…

¡BUF!

—¡YA ESTÁ! —anunció—. La infusión está a punto.

¡ECS!

Trampita puso cara de asco y probó un poco.

—¡AAAAAAAAAAY...! ¡¡¡QUEMA!!!

Pero Piolet lo hizo callar con una mirada severa:

—¡Déjate de rollos y tómate el brebaje! ¡¡¡Con lo que nos ha costado conseguirlo!!! Si no quieres que te moleste el olor, puedo darte un estacazo en la **COCOROTA**, ¿qué te parece?

MMM...

—Pero es que yo…

—¡Nada de *peros*… Si yo lo hubiera podido beber hace muchos años, cuando me picó la **Mosca Ronf Ronf**, ¡no me lo habría pensado dos veces!

¡EH... NO ESTÁ NADA MAL!

—¡De acuerdo! ¡¡¡Beberé, beberé, beberé! —se apresuró a decir Trampita, *tragándose* aquella bazofia de golpe.

—Mmm… ¿sabéis que el sabor no está nada mal? —reconoció—. Me recuerda un poco a la LECHE CUAJADA que se usa para el Ratfir, o al Podridillo rancio… ¡Ah… los viejos sabores caseros! —Le echó un vistazo al caldero y añadió—: Me parece que **beberé** también lo que queda!

Pero entonces nos quedamos mirando a **TIGER KHAN** y sus tigres, que aún tenían la cabeza llena de chichones tras la caída.

Cierto, Tiger Khan era un **GATOTE FEROZ** que había tratado de robarnos las rosas, convertirnos en albóndigas, servirnos como CENA, pero ¡un verdadero prehistorratón no es rencoroso y siempre está dispuesto a **ayudar** a quien lo necesita!

Infusión de Rosa Apestosa

INGREDIENTES PARA UNA PERSONA (¡es difícil encontrar a más de una que quiera probarla!):

- *Un puñado de pétalos de rosa apestosa*
- *Un diente de ajo*
- *Azúcar a discreción*
- *¡Mucho valor!*

PREPARACIÓN: echad los pétalos en un caldero con agua hirviendo hasta que empiecen a disolverse. ¡Después abrid las ventanas y huid de la cocina, porque la peste será terrible!

Pasados unos minutos, retirad el caldero del fuego y verted la infusión en una taza. ¡Coged una pinza de tender la ropa, ponéosla en la nariz y probad la pócima más apestosa de la prehistoria!

EFECTOS SECUNDARIOS: ¡durante unas cuantas horas, ningún prehistorratón querrá acercarse a vosotros!

Así pues, fabricamos un embudo con una hoja de palmera jurásica y le hicimos beber la fétida infusión al jefe de la Horda Felina, que seguía sumido en el Sueño Paleozoico.

¡¡¡BONC!!!

Tiger Khan abrió los ojos, se levantó como un resorte y miró perplejo a sus esbirros.

—¡Después de todo, no sois tan inútiles como creía! —exclamó emocionado, besuqueándolos—. Habéis logrado curarme… ¡Snif! ¡MUA!

—*Ejem*, la verdad, jefe… ¡es que todo el mérito es de los roedores! —confesó uno de los tigres, apuradísimo—. *Ellos* han preparado la infusión… y *ellos* te la han hecho beber…

Tiger Khan se INFLÓ y parecía que fuera a explotar:

—¡Malditos sacos de pulgas! ¡Habéis dejado que me salve una manada de ratonzuelos! ¡Inútiles, vosotros no sois **TIGRES**… sois gatitos blandengues! ¿Qué será ahora de mi fama de **FEROZ** devorador de ratones? ¿¿De mi reputación de **DESPIADADO** señor de los tigres de dientes de sable?? ¿¿¿De mi prestigio como **GRAN JEFE** de toda la Horda Felina???

Y a continuación emprendió el camino hacia Moskonia, sin dejar de **GRITARLES** a sus secuaces:

—¡Cuando lleguemos a casa ya os enseñaré yo, holgazanes, eso es lo que sois!

—Pero no ha sido culpa nuestra…

—… han sido los roedores que…

Poco después, los **felinos** desaparecieron en el horizonte y ya no volvimos a verlos más.

La escena era tan cómica que hasta Trituratut se desternillaba de **risa** (a su manera, claro).

Entretanto, Piolet observaba el fondo del **CALDERO**, donde aún quedaban algunos restos de infusión.

—¿Y si la probara yo también? —preguntó esperanzado—. Puede que, aunque hayan pasado tantos años, aún funcione…

—*¡Pues claro!* —exclamó mi hermana Tea—. *¡¡¡Tienes que probarla!!!*

Piolet cogió una TAZA y la llenó con la infusión superapestosa.

Nosotros observábamos la escena conteniendo la respiración.

El explorador se llevó la taza a la boca y bebió su contenido.

GLU, GLU, GLU, GLU...

Cuando hubo terminado, se limpió la boca con el dorso de la pata y sonrió:

—¡Aaah, me siento como nuevo! ¡¡Lleno de ENERGÍA!! ¡¡¡Dispuesto a la acción y partir hacia una nueva aventura!!!

—¿Seguro que te sientes… despierto? —preguntó Trampita para asegurarse.

—¿¡¿DESPIERTO?!? —repitió Piolet—. ¡En mi vida he estado más despierto! Más que despierto: estoy despiertísi…

¡ROOOOOOOOONNNF!

¡¡¡Antes de que pudiera acabar la frase, se sumió de nuevo en el **Sueño Paleozoico**!!! ¡Por mil huesecillos descarnados, realmente había pasado demasiado tiempo desde que lo picó la mosca Ronf Ronf! La infusión de Rosa Apestosa tenía que tomarse durante los tres días posteriores a la picadura. Tea, Trampita y yo nos miramos: en parte nos disgustaba que PIOLET no pudiera curarse, pero ¡en el fondo nos encantaba **tal como era**!

¡GLU, GLU, GLU!

¡GUAU!

¡RRRONF!

¡REEDICIÓN EXTRAORDINARIAAA!

En cuanto llegamos a **Petrópolis**, los chillones de Radio Chismosa corrieron a nuestro encuentro.

—¡Bien! ¡¡¡Ya estáis aquí!!! —vociferó Sally—. Precisamente tengo una **noticia sensacional** que difundir. Es ésta: *¡La bellísima, magnífica y estupenda Sally Rausmauz ha salvado con gran generosidad a Trampita Stiltonut del Sueño Paleozoico!*

¡Adelante, difundid la noticia!

—*¡ENSEGUIDA!* —exclamaron a coro los obedientes chillones.

Y sus gritos retumbaron por toda la ciudad.

—¡La **generosidad** de Sally Rausmauz salva a Trampita Stiltonut del Sueño Paleozoico!

El segundo chillón hizo eco al primero:

—¡*Espectacular gesto* de Sally Rausmauz, la roedora más altruista de Petrópolis!

Y el tercer chillón añadió:

—¡Sally Rausmauz comenta su noble empresa: *Para mí, la* **FELICIDAD** *del prójimo está por encima de todo*!

Tea y yo sonreímos. Por una vez, las noticias de Radio Chismosa eran verdad... *¡o casi!*

Lástima que los chillones comenzaran a sembrar la *confusión* como solían hacer siempre.

—¡Sally Rausmauz salva a Trampita del Sueño Paleozoico!

—¡Sally lava a Trampita con un paño paleozoico!

—¡Sally ama a Trampita desde el período paleozoico!

—*¡¡¡Oh, no, no y NO!!!* —exclamó Sally muy enfadada—. ¿¡¿Cuándo aprenderéis a ser periodistas de verdad?!?

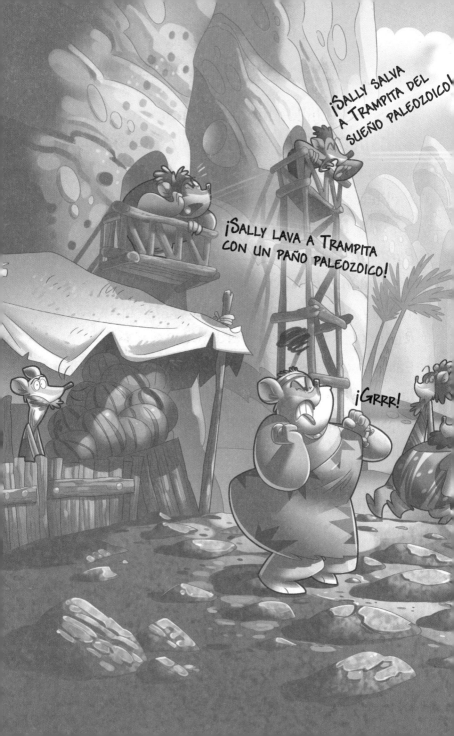

Pero, pese a todo, las noticias llegaron a los oídos de los petropolinenses que, algo confusos, empezaron a felicitarla y a pedirle **AUTÓGRAFOS**.

—Oh, ha sido fácil —explicaba Sally a un pequeño grupo de **admiradores**—. La verdad es que he tenido que hacerlo todo yo, pero por otro lado… ¡¿qué otra cosa podía esperarse de los Stiltonut?!

¡Por mil huesecillos descarnados, Sally Rausmauz volvía a ser la antipática de siempre!

Mientras estaba ocupada en **alardear** de su hazaña, tropezó con un gigantesco tenderete de **SANDÍAS**.

—¡Cuidado! —la avisó un roedor.

Demasiado tarde: Sally quedó literalmente sepultada por una **AVALANCHA** de sandías.

—¡No se puede negar que te encantan las sandías! —dijo Trampita—. Pero, por favor, ¡¡¡no te las comas todas!!!

—Supongo que ya lo imagináis… —Sally berreó, **COLORADA** como una guindilla jurásica—. ¡A partir de este momento, las cosas entre nosotros vuelven a ser COMO ANTES, queridos Stiltonut!

—¡¿Cómooo?! —preguntó Tea, fingiendo sorpresa—. ¿Me estás diciendo que una roedora tan

¡BRRR!

inmensamente generosa como tú quiere ser otra vez tan **antipática** como de costumbre?

—**¡BRRR!** Ésta es la primera y última vez que ayudo a un Stiltonut. ¡Tanto da que sea primo, tío, bisabuelo o sobrino nieto en cuarto grado! ¡Palabra de **Sally Rausmauz**, la mejor periodista de Petrópolis!

Dicho esto, nos dio la espalda y se fue hacia la sede de *Radio Chismosa*.

Yo también quería ir a la redacción, pero Trampita me detuvo:

—Pero ¿adónde vas, querido primito? ¡Estáis todos invitados a la **TABERNA DEL DIENTE CARIADO** para celebrar que ya me he curado! En ese momento se despertó Piolet.

—¿Sabéis una cosa? —anunció—: Tengo en mente organizar una expedición a las **Tierras del Bochorno Tórrido** y me gustaría mucho que participarais…

Al oír esas palabras, me acordé de los últimos tres días: la travesía por el desierto, la ascensión a la montaña, los espejismos, los tigres…

—*¡NOOOO!* —grité y salí corriendo como una liebre hacia la taberna.

Ya había tenido mi ración de aventuras para aquel mes… ¡y, posiblemente, para las próximas dos o **TRES ERAS GEOLÓGICAS**!

¡Palabra de Stiltonut, Geronimo Stiltonut!

ÍNDICE

Geronimo Stilton

**Marca en la casilla correspondiente los títulos
que tienes de todas las colecciones de Geronimo Stilton:**

Colección Geronimo Stilton